KB145665

가슴을 열고
심장을 훔치다

백승운 시집

시음사
시사랑음악사랑

누군가의 가슴에 자리 잡은 작은 떨림이 사랑이 되고 이별
이 되고 그리움이 되어 살아가면서 감내하는 아픔들과 섞여
서 심장을 태웁니다.
"가슴을 열고 심장을 훔치다" 시집을 내며

> 좋은 곳에서 소중한 분들과
> 행복하게 보내다 헤어져
> 새로운 세상으로 왔지만
> 그것은 내 그리움의 시작이며
> 내 외로움의 아픔이었고
>
> 그리움과 외로움이
> 나를 힘들게 할 때
> 난 한 줄의 시를 쓰고
> 한 단어의 의미를 새기며
> 그렇게 살아가는 이유를 찾았습니다
>
> 흘러가는 세월의 공간 속에서
> 그리움은 숨겨져 갔고
> 외로움은 멍들어 갈 때
> 하나씩 토해낸 사랑이
>
> 시가 되고 이야기가 되어
> 못다 한 꿈들을 펼쳐내
> 한 권의 시집으로
> 그리움과 외로움으로
> 심장을 훔칠 사랑이라고 펼쳐봅니다.

경북 성주에서 중학교를 졸업하고 서울로 유학을 와서 자취를
하며 참 많이 그리움과 외로움으로 울었습니다.

아버님(1914년생)이 오십셋 어머님(1925년생)이 사십둘에 막
내아들로 태어나 형들이 어린 나이에 하늘로 가시는 바람에 외동
으로 한 집안의 종손이 되었는데 얼마나 자식에 대한 사랑이 깊
고 자식바라기 일지 상상이 가시지요. 그런데 이런 자식의 미래
를 위하고 자식의 앞날을 위해 서울로 유학을 보냈으니 내 그리
움은 먼 훗날에 들어보니 어머님의 자식 그리움에 새 발의 피라
는 말이 어울린다는 것을 주변 친척들에게서 들었습니다.

부모님은 본인들 죽기 전에 자식 성공하는 것에 조금이나마 도움이 되게 소같이 일하시고 구두쇠 같이 아끼고 절약하여 모으고 모아 한 푼이라도 물려주려 하셨고 난 연세가 많은 부모님이 일찍 돌아가시면 어떻게 하나 하는 걱정으로 하루를 보내는 날들이 많았습니다.

이런 걱정들이 자취하며 그리움과 외로움 되어 글로 적고 시(詩)를 쓰다가 시집을 한번 출간하면 어떨까 하여 출판사에 알아보니 자취하는 전세가 이백오십인데 시집 내는데 이백만 원이라고 하여 포기를 하고 1987년에 제1시집 대지(大地)란 제목으로 시(詩)에다 그림을 그려 제본을 만들어서 여기저기 뿌렸습니다. 그리고 1988년 제2시집 대지(大地) - 영원히 잠들지 않는 계절이라고 그때도 제본 시집을 냈는데 그런 열망이 2023년에서야 이루어지게 되었습니다.

꼭 36년 만에 정식 시집을 내게 되니 감회가 새롭습니다.

지금은 대학교를 졸업하고부터 전기(電氣) 관련 일을 하고 있어 문학과는 거리가 있는 것 같지만 무엇을 하고 있느냐가 중요한 것이 아니고 어떤 마음으로 어떤 감성을 표현할 수 있느냐가 중요한 것 같습니다. 그래서 누구나 다 시인이 될 수 있다고 합니다.

생각하고 마음속에 있는 것을 글로 표현해내면 바로 그것이 시(詩)고 살아가는 이야기이고 그런 마음속에서 우러나오는 글들이 독자들에게 사랑받고 감동을 줄 수 있는 시(詩)가 될 것이라는 자신감으로 부족하나마 한 권의 시집으로 엮었습니다.

저의 작은 바람은 제 시집을 보고 누구 한 사람이라도 행복해할 수 있는 그런 시집이 되길 희망해보며 언제나 어린 동생 걱정하는 누님과 어엿한 청년들로 잘 커 준 아들들 고맙고 감사하다는 말을 전하며 하늘에 계신 부모님에게 이 시집을 바칩니다.

시인 백승운

1부 . 그리움도 사랑이다

그리움도 사랑이다 10

누군가 너무 그리워질 때 11

가슴을 열고 심장을 훔치다 12

기분 좋아지면 13

전보(電報) 14

너는 나에게 15

출렁다리 16

사랑 그렇게 오더라 17

내 마음에 18

중독(中毒) 19

당신에 대한 열망 20

사랑 찾아오면 21

사랑앓이 22

태화강 십리대숲 길에서 24

그리운 사람 25

메밀꽃 필 때면 26

그리움 27

당신 생각 28

네가 그리울 때면 29

그대에게 가는 길 30

가을 내리면 31

겨울 강가에 서서 32

당신은 33

임 생각 34

강물에 어리는 얼굴 35

2부. 인연

인연 ……………………………… 37

이팝나무 ………………………… 38

어머님의 설맞이 ………………… 39

지게 ……………………………… 40

석류(石榴) ……………………… 41

아버지의 손목시계 ……………… 42

누나 ……………………………… 44

그리운 화양리 …………………… 45

가을비 …………………………… 46

보릿고개 ………………………… 47

가고 오는 것 …………………… 48

길상사(吉祥寺) ………………… 50

봄 희망가 ………………………… 51

어머님의 세월 속에서 ………… 52

행복은 …………………………… 53

고드름 …………………………… 54

고향 생각 ………………………… 55

징검다리 ………………………… 56

생일날 아침에 …………………… 58

인연의 끈 ………………………… 59

떠나보낸 그리움 ………………… 60

새벽을 여는 소리 ……………… 61

살아간다는 것 …………………… 62

황혼의 문턱에서 ………………… 64

가을 산 …………………………… 66

3부. 마음으로 피는 꽃

꽃은 68

동강할미꽃 69

너도바람꽃 70

바람꽃 71

매화(梅花) 72

봄에 피는 꽃 73

목련꽃 피어나면 74

엘레지 춤사위 75

아카시아 76

오월(五月)의 장미 77

연꽃을 품다 78

라일락 필 때면 79

코스모스 편들기 80

수련(睡蓮) 81

꽃무릇 필 때면 82

맥문동 필 때 83

배롱나무 연정 84

구절초(九節草) 85

능소화(凌霄花) 86

야화(夜花) 87

메밀꽃 피면 88

핑크뮬리-회상(回想) 90

화초 양귀비 91

야래향(夜來香) 92

설중매(雪中梅) 93

4부 . 세상 사는 이야기

솟대 ·································· 95

춘설(春雪) ························ 96

3월 일어서다 ··················· 97

봄 마중 ···························· 98

5월에는 ··························· 99

여행을 떠나요 ················· 100

도깨비 여행 ···················· 101

그날 이후 ······················· 102

어린 날의 회상 ················ 103

아침 ······························ 104

여름의 소실 ···················· 105

벤치에서 ························· 106

폭염의 습격 ···················· 107

떠나가도 ························· 108

바람개비 ························· 109

초복 ······························ 110

중년(中年) ······················ 111

병원이의 기도 ················· 112

가을 맛집 ······················· 114

순리대로 그렇게 살자 ········ 115

단풍 ······························ 116

가을 참 이쁘다 ················ 117

눈 내린 장독대 ················ 118

준비하고 실행하라 ··········· 119

희망이 되고 싶다 ············· 120

詩 평설 (나영봉 시인·문학평론가·기자) ·········· 121

QR코드 스마트폰으로 QR 코드를 스캔하면
시낭송을 감상할 수 있습니다

본문
시낭송
감상하기

 제목 : 누군가 너무 그리워질 때
시낭송 : 조한직

 제목 : 인연
시낭송 : 박영애

 제목 : 아버지와 지게
시낭송 : 박영애

 제목 : 가을비
시낭송 : 박영애

 제목 : 동강할미꽃
시낭송 : 박영애

 제목 : 배롱나무 연정
시낭송 : 박영애

 제목 : 솟대
시낭송 : 박영애

 제목 : 3월 일어서다
시낭송 : 박영애

제목 : 봄 마중
시낭송 : 박영애

제목 : 어린 날의 회상
시낭송 : 박영애

 제목 : 중년(中 年)
시낭송 : 박영애

 제목 : 그리움 내린 장독대
시낭송 : 박영애

시인은 자연을 이야기하고
시낭송가는 자연을 품었다
글자는 날개를 달아 언어로 날고
소리는 자연에 눕는다

1부. 그리움도 사랑이다

그리움도 사랑이다

내 그리움은
바늘방석 위에 앉은 것처럼
한순간도 비워지지 않는 마음으로
그대를 생각합니다

눈으로 그리고
마음으로 보듬으며
가슴으로 열망하는 보고픔
끝없는 정신의 지배

그리움의 깊이는
내가 그대를 얼마나 사랑하는지
사랑하는 만큼 커지는
무한 블랙홀

사랑은
만나서 그리움을 풀어놓고
헤어지면 다시 그리움으로 채워내는
무한 반복의 마음인가 봅니다.

누군가 너무 그리워질 때

누군가 너무 그리워질 때
어둠도 하얗게 밝혀
눈앞에 반짝이는 반딧불
상상의 춤을 춥니다

누군가 너무 그리워질 때
허물어진 초가집 세월만 쌓여
무너진 대들보 갈라진 마음으로
어느 곳에서 서성이는지

마음을 보낸다고 다 받아 준다면
피 튀기는 검투사
죽음의 결투 난무하고
이런 그리움 없었겠지만

받아주지 않는 마음
이해한다는 거짓 몸짓으로
이미 마음은 나를 떠나
그대의 그림자 뒤에서 서성이는데

그리움을 가질 수 있다는
행복한 상상으로
저만큼이나 앞서가는 마음
오늘도 열심히 따라갑니다.

제목 : 누군가 너무 그리워질 때
시낭송 : 조한직
스마트폰으로 QR 코드를 스캔하면
시낭송을 감상할 수 있습니다

가슴을 열고 심장을 훔치다

사람들 간의 인연이란
부는 바람에 나뭇잎 팔랑이는 것처럼
서로의 존재에 영향을 받았다면
어느 순간부터 가슴에 담겨
나비효과처럼 인연의 실타래에 묶여
한쪽 귀퉁이에 각인되고

인연은 크고 작고가 있는 게 아니고
살아가는 한 부분의 톱니바퀴이며
흘러가는 강물처럼
한 방울의 물이 모이고 모여
시냇물이 되고 강으로 바다로 흘러
일생이 되는 거

오늘 어떤 인연의 물방울
만들지도 중요하나
똑똑 떨어져 담겨 있는 가슴속
소중한 사람에게
어떤 말과 행동으로
가슴을 열고 심장을 훔쳐
서로의 소중함으로 자리할지

가끔 새로운 사람을 만나는 것도
미래의 여러 갈래의 삶에서
수많은 변수에 도움이 되나
내 안에 담겨 있는 사람에게
진솔한 사랑 다한다면
심장의 두근거림 더해 가슴도 열리리라.

기분 좋아지면

세상에 모든 것이
아름답게 보이고

주변에 있는 모든 것이
사랑스럽게 느껴진다

나를 기분 좋게 하는 것은
부귀영화도 명예도 아닌

당신 생각만으로
기분 좋아지는데

늘 기분 좋아지게 같이 살자고
오늘 청혼이라도 해야겠다.

전보(電報)

그대가 그리워
눈을 감았습니다

어두운 공간에서
그리움이 보고 싶다며

불꽃을 피워 그리움의 형상
말없이 그려내면

어둠은 사라지고
뚜벅뚜벅 어둠을 헤치고

당신이 다가와
눈앞에서 웃고 있습니다

그리움이 보고 싶다
언제 전보를 쳤나 봅니다.

너는 나에게

하루 종일 니 생각에
마음만 바빠

보고 싶다 말 못 하는
내 마음 지쳐

기약 없는 기다림에
몸은 파김치

니 생각만 하면
웃고 있는 나는 바보

나는 너에게
아무것도 아닐 수 있지만

너는 나에게
세상없는 아름다운 천사.

출렁다리

깎아지른 벼랑 지나온 세월만큼
쌓이고 쌓인 불신과 오해들
아픔으로 곪아서 상처처럼 생겨난
너와 나의 거리에

조심스럽지만
가까이 갈 수 있도록
단단한 동아줄로 출렁다리 하나
걸어볼까 합니다

바람에 흔들려도
마음만 단단하면 무섭지 않고
끊어질 듯 위태로워도
당신에 대한 바램이면
버틸 수 있는 소통의 다리

그렇게 버티고 한 걸음씩 가다 보면
생각지 못한 경관도 마주하고
보지 못한 아름다움도 볼 수 있는 것

가고자 한다면 길은 있고
이루고자 한다면
출렁이고 위태로워도 가야만
도달할 수 있으니

당신에 대한 바램이
마음같이 이루어지지 않는다 포기하지 말고
지금 바로 희망으로 걸어두는
마음의 출렁다리 하나 걸어보세요.

사랑 그렇게 오더라

언 땅을 녹여내는
봄기운처럼
불가능한 어려움 속에서
시험하듯 다가오고

이쁘게 피어난 꽃들 속으로
향기에 취해
벌 나비 날아들듯
운명처럼 이끌려서 오고

추수 끝난 들판에
외롭게 서 있는 허수아비
원수처럼 앙숙인 양
그렇게 마주하다
허허한 겨울 어깨에 내려앉아
조잘거리듯

뜻하지 않고 예측하지 못하다
마음속에 작은 바람의 공간이라도
비어져 구멍 나면
술술 바람 지나듯
한순간 순풍을 만나 빠르게 달려가는

사랑 그렇게 오더라
마음속에 아지랑이 피어나면
사랑 벌써 일어나 저만치에서
활짝 웃으며 아름답게 오더라.

내 마음에

작은 화원을
만들고

꽃씨를 뿌리고
정성 더해서

아름다운 꽃
피웠습니다

꽃이 피니
내가 행복하고

언제 왔나요

당신이 들어와
살고 있네요.

중독(中毒)

무엇에 빠져본 적이
있나요

열병 같은 사랑에 빠져
오로지 나만 생각하는 사람

그런 사람과
뼈가 으스러지듯 사랑하다

헤어날 수 없는 덫에 걸려
죽어도 좋다는 생각에

행복해하는 중독 같은
사랑해 보고 싶다.

당신에 대한 열망

마음에 불꽃이 인다
온몸을 휘감는 절실한 열망이
축복의 가호를 받아
성스러운 천사를 영접한다

스스로 일어서지 못하고
주저앉아 녹아내리는 쇳물
틀에 맞춰진 뜨거움이
각인으로 굳어 노예가 되고

수백 번 죽어 나뒹구는
회귀의 인연들
반복의 시나리오가
미래의 앞길을 정해 놓아도

당신에 대한 열망은
겹치고 겹쳐 두드리고 두드려
찬란한 칼날에 새긴
자유로운 문양의 아름다움이 되니

조금씩 조금씩
아주 조금씩 쌓여가는 이끼처럼
자라고 피워낼 수 있다면
천년만년 행복한 웃음으로
기다립니다.

사랑 찾아오면

사랑하고 싶다
늘 남자와 여자가 아닌
당신과 나로
사랑하고 싶다

남자가 남편으로
여자가 아내로
그렇게 주어진 이름이 아닌
살아가는 의미를 느끼는

서로 사랑하다 죽어도 좋고
갈가리 찢기는 헤어짐의 아픔 없는
그냥 서로의 상대로서
좋아질 수 있는 사랑

순간순간 지나는
소모되는 시간의 허허로움
알차게 채워가고
따뜻하게 보듬으며
서로의 빈 곳 채우는

정말 좋은 사랑
정말 행복한 사랑
돌아봐서 후회하지 않을
진정한 의미로의 사랑
이젠 하고 싶다.

사랑앓이

사랑 소리 없이 왔다가
합의하지 못한 채
아픔 던져주고 가는 담석처럼
보이지 않게 가슴에 쌓이고 쌓여

마음에서 원하는 희망
돛단배처럼 바람을 품지 못해
딱딱하게 뭉쳐 한순간 난파하여
물결치는 바다의 소리 깊고

그 바다에 희망
파도처럼 달려와 안겨보지만
수술의 후유증처럼
먼 그리움의 소원 되어
위태로운 아픈 상념이니

빛나는 은빛 사랑의 꿈 일어나
희망의 소리 푸근하게 들려오지만
꿈을 품고 피워내는 현실
푹푹 빠져들어 참 어렵기만 한데

상상 속의 사랑 찾는다거나
혼자만의 사랑 피워내
열렬히 사랑 쏟아부었다고
며칠이나 굳건하게 피었을까

상상 속의 구름, 비가 되고
그대에게 가는 길 무지개 피워
이쁘게만 보이는 사랑
결과 없는 죽은 사랑이니

옆에서 다정하게 웃어주고
맞장구치는 현실적인 사랑
두 손 꼭 잡고 피워내고 싶고
그런 사랑하고 싶다

마음이 다가가고
온몸으로 느낄 수 있는 사랑
행동이 수반되어
진정으로 행복한 사랑
지금 시작하고 싶다.

태화강 십리대숲 길에서

무엇으로 채워내야
한 뼘씩 하늘로 오를 수 있을까

꽉꽉 채워 하늘로 올라도
바람 앞에 부러지는데

빈자리
당신의 사랑으로 채워
희망이 자라는 것이겠지

내 마음도
당신의 사랑으로 꼭꼭 채워
한 뼘씩 다가설 수 있기를.

그리운 사람

고개가 꺾인 나뭇가지
가슴을 파고든 바람이
거세게 난도질하며
휘몰아치는 북풍한설

숨구멍도 없이
소복이 눈을 덮고도
달팽이처럼 꼼지락이며
봄기운이 피어나는데

비염처럼 안겨들던
매화 향기 멀어지고
보이지 않는다고 하여
임 그리움이 없을까

그리움은
보이지 않는 열병이며
재채기처럼 필연적인
세월의 화살을
빗겨내는 청춘의 샘물

눈에서 멀어져도
마음에서 늘 피어나는
생각만으로 웃음꽃 피워내는
내 그리운 사람.

메밀꽃 필 때면

낮달이 떨구고 간 그리움의 시간
여름을 이겨낸 자리에
하얀 기다림이 일어났다

산 중턱 오솔길에서 시작된 어둠이
코스모스 흔들리는 발밑으로
듬성듬성 떨어지고

온통 세상은
사랑하는 사람의 눈물로 피어난 메밀꽃이
달빛에 하얗게 백지가 되니

사랑하는 사람에게
보고 싶다 그립다
꾹꾹 눌러 긴 편지를 쓰다가
눈물 한 방울에 다시 백지가 되었다.

그리움

한 해 두 해 먹빛 같은 그리움이
가을바람 타고 어두운 침실로 찾아와
말없이 토닥토닥 애절하고

바스락이며 일어나는
가슴속의 허전함이
담배 연기처럼 하늘로 올라
밤하늘의 별이 되어 반짝인다

문틈으로 비집고 들어온 햇살이
어두운 침실 커튼에 걸려
낑낑거리는 소리에
그리움 산산이 부서지고

매미의 애절함 사라진 아침
밤새 쌓인 그리움 안고
살며시 눈떠 일어나는 아침에
손끝에 남아 있는 그리움이
몽올몽올 이슬처럼 흐른다.

당신 생각

눈떠 일어나 웃음 짓는 얼굴
당신이 일으켜주는 하루
이슬처럼 깨끗하고 순수하며

온종일 그리움이 들락날락
보고 싶은 마음에 심심한 아메리카노
각설탕만 더해 달곰한데

언제 어디에 있어도
떨어진 시간 쌓이고 쌓여서
당신 향기에 그리움만 더해가니

늘 기다리는 만남의 조바심
이런 당신을 사랑하지
않을 수 없겠지요.

네가 그리울 때면

네가 그리울 때면
난 눈을 감는다

모든 것은 지워지고
어둠만이 남겠지만

밤하늘의 달님처럼
찬란한 아름다움으로

너의 모습만 오롯이
다가와 안겨든다.

그대에게 가는 길

그대에게 가는 길은
미소 닮은 햇빛의 두근거림이고

그대에게 가는 길은
봄바람처럼 피워내는 생명력이며

그대에게 가는 길은
설렘 가득한 행복의 길

오늘도
그대에게 가는 길
세상 참 아름답습니다.

가을 내리면

끝나지 않을 것 같던 여름이
긴 장마와 같이
땅으로 하늘로 사라진 자리

고추잠자리 하늘가에서
왔다 갔다 하더니만
하늘 높아지고 맑아져

매미 소리 풀벌레 소리로
맹렬함이 아닌 스며들듯
가슴에 안겨 울어대고

가을은 높은 하늘에서
이슬비 내리듯 스르르
대지 위로 주문을 거는 한마디

"사랑할지어다"

마음에 가을이 담뿍 내려
살며시 일어나는 회춘의 열기에
발갛게 달아오른다.

겨울 강가에 서서

겨울 찬바람
강물에 얼굴 부비면
초롱초롱한 눈망울
반짝반짝 빛나는 얼굴 위로
태양이 썰매를 탄다

하얀 손 흔들며
반겨주는 갈대의 정겨움
홀로 거니는 강가
군데군데 보조개 웃음으로
따라오는 철새들

겨울 강가 마음 시리고
몸을 파고드는 외로움
얼어가는 겨울 강보다
빨리 얼어붙지만

조용하게 즐기는 숨결
닫혀가는 숨구멍처럼
거칠게 숨을 토해내다
따스한 위로 하늘에서 내릴 때

세상에 남겨진 것은
그림자도 지워진 길 위에
한숨 같은 담배 연기 피어나
시린 미소 비워진 세상에
강물도 얼룩이 진다.

당신은

사막 위에 흐르는 바람
메말라 퍼석한 꽃씨를 품었습니다

작고 여린 씨앗 척박한 땅에서
소중함으로 정성을 다하고
사랑이란 물도 주고
정성이란 거름도 주며
꽃 피워내길 염원했습니다

지성이면 감천이라고
씨앗이 흔들리고 딱딱한 철갑이 깨어져
작은 관심의 뿌리 내려
조금씩 조금씩 자라갑니다

사랑은 행복함이 먼저 찾아오지 않을 수 있어
조급하면 안 됩니다
사랑은 소리 내지 않아도 안으로 자라가고
조금씩 조금씩 녹아내려 흘러가는 것

어느 순간 피어나
깜짝 놀라 기쁨으로 환호하는
작고 여리지만 가슴으로 탄복하는 야생화처럼

당신은 흔들리는 향기의
진한 유혹입니다.

임 생각

여행은 가방만 봐도
설렘이 일어나고

내 임은 보고 싶다는
생각만으로 웃음이 나서

사랑하는 사람이
있다는 게 이렇게 좋을까

당신에게 간다고
벌써 나서는 마음 설렘으로

오늘도 당신에게 가는
가방을 쌉니다.

강물에 어리는 얼굴

잊으려 하고 지우려
쏜살같이 내 달려봐도
윤슬의 아름다운 모습으로
사랑한다며 따라옵니다

붙잡을 수 없어 이별의 아픔
강물이 흐르듯이 받아냈지만
군데군데 멍울진 모래턱
쏟아낸 생채기 되어 자리하고

반짝이는 물빛 속에 잔잔하게
당신의 웃음 투영되어
상념으로 박혀 펄떡이며
가슴을 먹먹하게 치는데

눈을 감아도 구름 속에 숨겨도
햇빛의 찬란함 속일 수 없어
바람도 멈춰서
반질반질 거울 같은 강물에
당신의 모습 어리는데

길 잃은 철새 한 마리
회초리 같은 따끔함으로
상념의 파편이 되어
주인을 찾지 못한 빈 벤치에
엉거주춤 앉아 있는 한심한 심장에게

기회와 때를 놓치지 말라며
푸드덕 날개를 치고
날아갑니다.

2부 · 인연

인연

별들이 굽이굽이 은하수 되어 흐르고
수억 겹의 시간이 꽃을 피워
혜성 같은 찰나의 만남으로 열매를 맺고

순백의 이슬방울 또르륵 떨어지고
시간이 차곡차곡 쌓여
보름달 같은 얼굴 만들면

밀물과 썰물로 깎아내고
비와 바람으로 다듬어
사람 같은 형상의 아름다움을 피워낼 때

옷깃을 스치듯이
별똥별 휙 하니 품으로 떨어져
인연은 그렇게 자라 간다.

제목 : 인연
시낭송 : 박영애
스마트폰으로 QR 코드를 스캔하면
시낭송을 감상할 수 있습니다

이팝나무

가지마다 주렁주렁
살찐 주꾸미
꽉 찬 하얀 알집 드러내고
알알이 걸려 있는데

보릿고개
배고픔의 자식 걱정하는
어머님의 빈 속 위장에서
꼭꼭 찔러오는 허기짐의 가시로
하나하나 발라내면

꽃잎 하얗게 일어나
솜사탕처럼 활짝 피어
고봉으로 가득가득
배 불리 밥 먹으라고 한다.

* 2019년 서울지하철 승강장 게시용 시 당선작

어머님의 설맞이

설 명절이
감나무 위에 까치밥이 사라지고
비닐하우스에 지푸라기 왕겨와 사랑에 빠지면
시장 가신 어머님 가득 담긴 건어물
딱딱하게 말라 있는데

물에 얼음 녹여내듯
심폐 소생의 기운 불어넣으면
물속에서 찰방찰방
가오리, 통대구, 문어들 바다인 듯
살아나 움직이며 숨을 쉰다

큰 솥에다 불 피워
야들야들 토실토실 살 차오르고
정성 보태 솥뚜껑 차고 나온
고소함 뿜어지는 기다림

마을 어귀에
길게 목 빼고 기다리는 어머님
달려가 망부석이 되었는데
언제 왔는지 감나무 위에서
반가운 자식 온다고 까치가 신이 났다.

지게

방법은 없었다

아무것도 손에 쥔 게 없는 가난
밤낮으로 일을 하는 게
단 하나의 방법인 시절
살아가는 작은 밑천
담고 비우고 담고 비우고

아버지 늙은 무릎
삐걱대고 팔에 힘이 빠질 때쯤
한쪽 다리도 짧아지고
어깨를 감싼 끈도 낡아 볼품없어졌지만

최선을 다한 너의 모습
시퍼렇게 멍든 아버지 어깨 위에
고스란히 남아 토닥토닥
서로를 위로하며 다시 일어선다.

제목 : 아버지와 지게
시낭송 : 박영애
스마트폰으로 QR 코드를 스캔하면
시낭송을 감상할 수 있습니다

* 2021년 서울지하철 승강장 게시용
  시 당선작

석류(石榴)

여름이 볼에다
발갛게 키스하고
속삭이며 수줍음 두고 떠난 밤

연지 곤지 빨갛게 찍고
어린 동생 남겨두고
시집가는 누나 미안함이 휘청휘청

수줍던 설렘
외로움의 눈물 처마 밑에서
배웅하며 쏟아지는데

길고도 긴 그리움의 심장
빨갛게 익어 깨어지고
가을도 온통 실금이 가서 달콤살콤

은은한 향기의 진신사리
알알이 떨어지며
행복하라는 축원의 등불 빨갛다.

* 2022년 누님 생일에 시를 지어 선물하고 가곡으로 만듦

아버지의 손목시계

삶이 힘들고 의욕이 산산이 부서져
창문을 열면 날아갈 것 같은 추락을 꿈꾸고
포기란 단어가 온몸 구석구석에서
스멀스멀 기어오르는 벌레같이 바지락 거리면
아버지의 손목시계를 봅니다

살보다 짧은 손톱이
파고드는 흙에 힘없이 무너지고
해와 달과 비와 바람에 순응하며
시간이란 의미를
오로지 일이라는 것에 맞춰 살아온 세월

30년 넘게 왼 손목에서
기쁨의 훈장처럼 함께한 세월
까맣게 타버린 얼굴을 닮아
빛바래고 색깔 변해 망가져도
오랜 벗으로 살아온 너

따뜻한 말 살가운 웃음
다하지 못한 후회스러움으로
아버지와 같이 땅에 묻어
하늘로 보내지 못하고
마음의 소중한 유품이 되어

그리움에서 희망으로
주인을 잃은 손목시계는
진열장 속에서 고이 잠들어 있는데
수많은 인고의 세월을
아버지는 시간을 보신 것이 아니고
세월을 담고 계셨나 봅니다

허우룩*하여 흐르는 눈물
손목시계에 또르르 떨어져
멈춰버린 시간을 거꾸로 돌려
아버님의 품으로 달려들고픈 마음
너무나 그립습니다.

* 허우룩 : 마음이 매우 서운하고 허전한 모양

누나

모든 것 내어주신 산에
단단하게 자리 잡은
늘 듬직한 바위였습니다

한쪽으로만 치우친 사랑
흔들리지 않는 강인한 정신은
산도 조금씩 보듬어 주었고

불타는 의지는
바램의 열망을 뛰어넘는
단단함으로 꿈을 이루었습니다

산이 허물어지듯 떠나간 자리
바위 옆에 핀 야생화처럼
남겨진 동생 걱정에 마음이 타는데

세월의 시간 흔들고 간 자리
야위어진 몸 파인 흔적들이 안쓰러워
아름다운 향기 피워

사랑하고, 고맙고, 감사하다
활짝 핀 꽃처럼 행복하게
웃음으로 살아가길 기도합니다.

그리운 화양리*

별이 떨어지는 하얀 밤
흔들리는 네온사인 사이로
추억의 바람이 불면 교복 단정히 입고
그곳으로 간다

달맞이꽃 귀 쫑긋 노랗게 웃으며
골목마다 수많은 사연과
수많은 이야기로
낙서처럼 번져 있는 청춘의 열기

입술 깨물며 그리움과 외로움에
흠뻑 젖은 마음으로 담벼락을 넘고 있을 때
그림자 같은 친구들이
언제 달려와서 말없이 어깨를 토닥토닥

시시껄렁한 농담도
진지한 인생 이야기도
거칠고 폭력적인 욕설도
그냥 눈짓 한 번이면 웃음 바이러스

가슴속 작은 공간이
운동장이 되고 들판이 되어
함박웃음에 꽃이 피고
아련한 추억들이 어제가 된다.

* 화양리 : 고등학교 시절 자취하던 곳

가을비

비가 처량하게 온다.
가을을 잡아먹을 나쁜 비가

얼마나 어디를 쏘다니다가
지금까지 처벅처벅 오는지

확 뺨이라도 갈겨주고픈
나쁜 비가 새벽부터 온다

뚝뚝 떨어지는 낙엽은
나의 슬픈 눈물처럼
메말라 바싹이고

그렇게 힘없이 떨어져 내려
아무 곳에서 뒹굴고 있는데

비는 그것마저도
허락을 하지 않는다.

* 대한문학세계 2019년 겨울호
　11월 3주 마음을 여는 금주의 시 선정

제목 : 가을비
시낭송 : 박영애
스마트폰으로 QR 코드를 스캔하면
시낭송을 감상할 수 있습니다

보릿고개

산 입에 거미줄 칠까
다 제 먹고사는 팔자는 가지고 태어나지
살게 하기 위한 채찍 같은 말들

그렇게라도 하루하루
허기진 배를 움켜쥐고
존재의 의미와 살아가는 이유를
일깨워 주신 어머님

읍내 장날 수많은 먹거리
거들떠보지도 않으시고
빈속 위장에서 그렇게도
외치는 허기짐을

자식들을 위한 생각만으로
손안에 든 한 잎의 지폐로
행복함을 느끼고
물 한 바가지로 돌아서 오시다

신작로 옆 개울로 쓰러져
죽다 살아나신 가여움
"살았으니 되었다"
갈라진 손등 위로 흐르는 눈물
닦아내시며 다독여 주신 어머님

지금은 넘쳐나는 쌀들이
보리밥보다 못하지만
하얀 쌀밥 한번 해드릴 수 없는
마음속 보릿고개가
너무나 허기져 눈물만 흐른다.

가고 오는 것

사랑했던 사람이여
갈 때는 아무 미련 두지 말고
좋은 기억들만 간직한 채 잘 가세요

일 년 내내 같이 달려준
당신의 사랑 가슴에 담겨서
추억이란 이름이 되었습니다

첫사랑같이 다가온
아지랑이 두근대는 열망
새로운 마음의 첫걸음부터

뜨겁게 달군 대지의 열정
최선의 노력으로 땀 흘려
평범함 속에서 단단하게 여물었고

달콤한 사랑의 결실
마주 보는 따스한 눈빛이
서로에게 풍요의 선물이 되어

열심히 살아준 감사의
하얀 눈꽃 송이 피워내
한 해를 마감하는 행운 따스한데

봄, 여름, 가을, 겨울
잘 보내드릴게요
잘 가세요
그리고 아침이 오듯
다시 새롭게 시작합시다

가고 온다는 게 쉬운 것 같지만
끝마무리 잘해서 잘 보내고
기분 좋게 새롭게 열어가는 게 중요한 것

이젠 딸깍이며 열릴
새로운 세상으로의 여정
또 한 번 손 잡고 갈 준비는 되셨나요

불꽃이 피어나듯
활활 타오를 사랑과 열정들
참 행복으로의 기쁨 시작합니다.

길상사(吉祥寺)

성북동 고개를 굽이굽이 올라
멀고 험한 길을 마다하지 않고
열반으로 가는 고행을 시작한다

산이 높은 만큼 오르는 자만이 느끼는
정상에서의 성취감과 환희 같은
극락의 아름다움을 얻기 위한 첫걸음

한 굽이 한 굽이 지날 때마다 나를 버리고
세속의 묵은 때를 한 겹 두 겹 벗어 놓으며
그렇게 가노라면 보시와 공덕의 길상사가 있다

요란했던 음악과 시끌벅적했던 내세를 벗어던지고
댕강나무 향기 은은하고
극락으로 인도하는 목탁 소리와
잔잔한 불경 소리가 불심으로 가득한 곳

합장한 손위로 향 내음이 길을 인도하니
법정 스님 무소유의 진리가 졸졸졸 소박하고
종교 화합의 관음보살상*이 미소로 평화로운 곳

석가모니불 석가모니불
붉은 꽃무릇 끝에서 우담바라(優曇婆羅)**가
천년의 시공을 초월하여 알알이 솟아
부처가 되고자 하는 내 마음의 열반을 축원한다.

* 길상사 관음보살상 : 법정스님이 천주교 신자이자 카톨릭 예술가인 최종
태 작가에게 길상사 관음보살상 조각을 요청하여 관음상과 성모상을 하나
로 합체시킨 작품으로 종교간 화해의 염원이 담긴 작품으로 금기의 벽을 허
물었다.
** 우담바라 : 3천년 만에 한 번 꽃이 피는 신령스러운 꽃으로, 매우 드물고
희귀하다는 비유 또는 구원의 뜻으로 여러 불경에서 자주 쓰인다

봄 희망가

선녀같이 어여쁜
세 자매가
봄나들이를 나왔습니다

첫째는 언제나 듬직하고
둘째는 중간에서 깍쟁이 같고
셋째는 제일 이쁘다는 게 중론이니
누구라도 괜찮습니다

심쿵한 마음 안고
요리조리 살펴보고
혼자 웃음 한 바가지
마음속으로는 정했습니다

올해는 장가가야지
희망 가득 안고 콧노래 부르면서
아가씨들 뒤만 졸졸
따라갑니다.

어머님의 세월 속에서

자식이 뭐일까
강아지 꼬리 살랑살랑 춤추는 것처럼
봄눈 녹아 졸졸졸 흐르니
봄이 자식처럼 반갑게 찾아오고

꾸부정하니
세월이 꼬불꼬불 고개를 돌아 나와
따르릉 자전거 빨갛게
소식 전해주는 기쁨처럼
자식들을 위한 마음이 아랫목에서 따스하고

마루 위에 앉아
숨바꼭질하는 꽃송이들이
활짝 활짝 얼굴 내밀고
햇살 아래 졸고 있는 고양이가
품 안에 있는 자식 같아 그립다

살갑게 살다가도 몇 해나 살거나
남보다 더 말을 섞지 못한 채
중신아비에게 속아 시집와서
이젠 혼자 버려두고 석양처럼
사라져 간 사람은 흔적이 없고

구석구석 숨어 있는 이야기들이 뛰쳐나와
세월 앞에 빛바래 누렇게 변색하고
멈춰 버린 재봉틀은 못다 피고 사라져 간
자식들을 생각하는 어머님의 마음처럼
아직도 바늘을 꼭 품고 있다.

행복은

늘 진리에 목마르고
갈증을 달래줄 무엇인가에
조바심으로 다가가는 세상

만만한 게 없고
쉽게 내어주는 게 없어
"그러면 그렇지 내 편은 없는 거야"

긍정이나 칭찬보다
비관이나 부정으로
안된다는 불신에 가까워진 마음들

하고자 하고 가고자 하며
듣고자 한다면 마음이 넓어지고
몸이 기억하여 저절로 알아가는데

행해야 느낄 수 있고
떠나야 찾아볼 수 있는
가고, 보고, 듣고 다가가는
행복은 주어지는 게 아닌
찾아가는 것임을.

고드름

밤하늘의 별들이 유성우 되어
초롱초롱 떨어져 처마 밑에 달려서
긴 여정의 피로에 잠이 들었다

시래기 말라가는 헛간*
밤새 어머님의 사랑이
달강달강 바람에 파랗고
푸석푸석한 작은 걱정들이
밤새 몸부림을 친다

아침부터 분주한 일상
해님이 토닥토닥 자장가
행복한 미소 날리며 일어나면
처마 밑 대롱대롱 달린 사랑은

봄을 준비하는 굵은 땀방울
자식 옆에 두고 간 어머님의
따스한 마음이 더해져
환한 얼굴로 쑥쑥 자라 간다.

* 헛간 : 막 쓰는 물건을 쌓아 두는 광

고향 생각

버스가 지나면 하얀 분가루처럼
얼굴을 덮던 먼지 자욱한 신작로
울퉁불퉁 비포장도로
지금은 포장되어 사라졌고

장마철 지나 불어난 냇가에서
송사리 메기들 잡고
땅 짚고 헤엄치며 놀던 곳
사라진 물줄기 어디로 갔을까

늘어나는 빈집 무성한 잡초들 속에
숨죽이며 발이 묶인 고무신
구멍 난 사연들만 남기고
떠나간 친구들 그리운데

훌쩍 커버린 감나무
가지마다 주렁주렁 주인 잃은 외로움에
빨갛게 익어가며 눈물짓는데
달콤한 홍시 생각에 까치만
어슬렁어슬렁

무너진 담벼락도
썩어가는 대들보도
식어버린 부엌 아궁이처럼
덩그렇게 나뒹구는 요강단지 안에서
마음은 길을 잃었다.

징검다리

다리가 없던 동네 앞 개천은
깔깔거리며 소식을 전하는 우체통
사연으로 흐르는 작고 소박한
자연 놀이터

아버지의 심부름
막걸리 한 되 받아오라면
누런 양철 주전자 달강달강
흔들리며 건너가는 징검다리

장마철이 다가오면
할짝할짝 어디서 보태지는지
점점 깊어져 가는 물길
신발을 벗고 옷을 적신다

우렁차게 울려오는 천둥소리
며칠을 진득하게 쏟아붓는 물줄기
흙탕물이 하얀 거품을 물고
분탕하게 떠내려가면

이름을 가지지 못한 꿈들
수박, 참외, 돼지, 황소 등등
찰방찰방 넘쳐나는 뚝방에
걱정과 재미로 분주한 구경꾼들
점점 사라져 갈 때

거칠게 비워낸 개천
깨끗하게 사라져간 징검다리
막걸리는 발만 동동 구르며 건너지 못한 채
하늘만 원망하며
아버지 목이 타들어 갑니다.

* 대한문학세계 2021년 겨울호 10월 4주 좋은시 감상하기 선정

생일날 아침에

일 년 중에서
어머님 생각이 가장 많이 나는 아침

세상에 빛으로 태어나게 해주신
내 축복의 날

나에게 제일 좋은 날이
누군가에겐 고통이 수반되었고

내가 제일 행복한 날은
마음으로 힘들어하는 사람도 있으니

내 생일날
나에게 주어지는 기쁨보다
나에게 쏟아지는 축하보다

늦기 전에
옆에 계실 때 잘할 걸 하는
비통함 가지지 않게

사랑한다고 합시다.
감사하다고 말합시다.

내 생일의 시작은
부모님의 사랑입니다.

인연의 끈

오늘도 생각해봅니다.

내가 살아가는 것이
가능한 이유를

행복이 넘치는 그곳에서
인연의 옷자락 놓지 못하시고
두 손 모아 빌고 있을 어머님

어깨의 짐 말끔하게 내려놓고
편안한 쉼 하시지 못하시고
아직도 밭을 갈고 있을 아버지

인연이란 죽어서도 놓지 못하는
질기고도 질긴 동아줄
천국에 들기 전 기억의 잔재
지워냈을 것을

피가 무엇이라고
자식이 무엇이라고
아픈 기억뿐인 세상에서의 인연
놓지 못하셨을까

자식 기도 소리 간절하고
축원의 등불 밝혀지거든
모든 것 잊고 행복의 시간만
오래도록 주어지길 기원합니다.

떠나보낸 그리움

꽃이 피네 꽃이 피네
갈라진 손등 위에서
꽃이 피네

꽃이 지네 꽃이 지네
모두 떠나보낸 아픔
찢어진 가슴에서
핏빛 꽃이 떨어지네

가고 오는 시간
봄이 오고 겨울이 가고
다시 꾀꼬리 소리 오라 하지 않아도
꽃망울 피어나는 봄이건만

한번 떠난 임은
어찌하여 오지 못하는지
차가운 바람 흙 이불 덮고
눈물로 기다리려나.

새벽을 여는 소리

뚜벅뚜벅 걸어와서 문 열어달라고
투박한 나무 대문 앞에서 꽝꽝 꽝
밤새 달려온 이른 봄이 졸린다며
고래고래 발길질이고

파란 잎 삐죽 내밀고 감나무 몸부림에
개구쟁이 장난질
졸고 있던 까치가 하품하고
밝아오는 여명 속에서 눈만 껌뻑껌뻑

살금살금 사라지는 어둠 속에서
자식들 어서 오라고
벌써나 대문 열고 마중 나온
어머님 눈 속엔 찬란한 기도

지나는 사람들 기분 좋고
자식들 오는 앞길 순탄하라고
싸악 싸악 깨끗하게 쓸고 있는
싸리비 잡은 손이 바쁘다.

살아간다는 것

오늘 아침은 반갑다고 인사하는 까치가
어떤 인연을 만들어줄지
사뭇 기대감으로 일어나
나뭇가지 끝에서 찬란하게 빛나는
세상 떨구는 이슬 깨끗하므로 시작하자

피부에 부서진 어둠의 무거움이
밝아온 햇빛 쏘아온 회초리
바들바들 떨며 도망가는 어둠은 지워버리고
환하게 열린 하루 희망 발걸음
신나게 걸어가자

어느 곳에서 피어나 열정의 삶 살아가며
무너지지 않는 꿋꿋함으로 최선의 하루
한 뼘 햇빛과 한 모금의 단비가
생명을 지탱하는 밑거름
꼿꼿이 대공 세워 꽃 한 송이 피워내자

지쳐 쓰러진 한낮의 열기
태양의 작열하는 잔소리 같은 스트레스
머리 위에서 꽂혀 타들어 갈 때
나뭇잎 뒤편 연록의 시원한 그늘
차가운 얼음 둥둥 띄운 아메리카노
들이키는 작은 행복으로 이겨내자

오늘 하루의 행복이 쌓여
내일의 즐거움이 되고
내일은 다시 과거의 추억으로 남겠지만
후회 없는 삶으로 떨어져
소리 없이 사라지는 하루살이 미소같이
최선을 다한 오늘이 웃자 하는 하루
그렇게 살면 오늘 잘살았겠지요.

황혼의 문턱에서

세월의 껍데기를 벗겨내
변색한 도배지 위에 던지면
알록달록한 인생이 주르륵
비가 되어 바닥으로 흐른다

냉한 장판의 기운이
바늘처럼 찔러오는 고독
왜소한 등줄기 딱딱한 손짓
돌아누운 삶이 애달픈 시간

열기를 잃은 아궁이
다시 피워낼 열정, 바램, 희망도
사그라진 불꽃 부지깽이 끝에서
바람만이 가끔 오가는데

누우면 두렵다
눈 감으면 다시 일어나지 못하고
마실* 간 것처럼 갔다가
돌아오지 못할까 덜컹 겁이 난다

숨이란
톡 터진 달걀 꿀꺽하고 삼키면
목젖을 타고 넘어가는 게 숨인데
일어날 때까지
살아 있는 줄 모르고

누운 눈에 흐르는 것은
고독함이 버무려진
삶의 뒤안길 등 돌려진
인생 동반자의 애달픔

같이 왔다
혼자 가는 게 인생이고
남겨지는 것도 인생인데
숨만 붙어 있는 황혼의 문턱에서

찬란한 햇살 같은 숨결이
활짝 방문 열고
아직 꺼지지 않은
희망이 남아 있다고 훅 안겨 온다.

* 마실 : 이웃에 놀러 다니는 일.

가을 산

물에 비친 산 그림자도
웃음기 가득 머금고
물고기처럼 어슬렁거리며
빨갛게 흘러가는 계곡

아이들 장난처럼
크레파스로 쓱쓱 그려지는 산
울긋불긋 차오르는 행복에
마음도 따라 행복한데

아쉬울 것 하나 없이
자기의 본분을 다하고
발아래 떨어져 가는 안타까움
초라하게 색은 지워졌지만

행복함에 물들었던 마음엔
아웅다웅하던 세상
어느새 사라지고
비워내니 명경지수라

늙어가며 철이 든다고
더 따스해지고
마음 넓어져 세상없이
이리 평안한 것을

아낌없이 다 내어주고
죽어서도 사랑 놓지 못한 채
산으로 돌아가신 부모님을
가을 산은 그렇게 닮아 있다.

3부 . 마음으로 피는 꽃

꽃은

피었다고 생각했는데
지고 있었다

필 때까지의 고통 참아내며
조금씩 조금씩 열리다
한순간 쏟아내는 생명의 탄생처럼
아픔으로 피어나 그렇게 지고 있었다

태어나 영글듯 자라나
청춘의 열정으로 살다
결실의 분신 남기고
미련 없이 훌훌 날아가는 영혼의 웃음처럼
그렇게 이쁘게 웃다가
바람에 소풍 가듯 지고 있었다

어디 지지 않는 게 있고
가지 않는 게 있겠는가?
기운의 존재 조금 남아 버티고 버티다
생명 같은 물줄기 뿜어내는
심장의 멈춤처럼 뚝 떨어지며
지고 마는 것을

꽃은 아름다움으로 지고
사람은 추억으로 기억되어
피었다 지는 순리의 시간 안에서
오늘도 피었다 지는 꽃들의 이야기에
나도 지고 있었다.

동강할미꽃*

하늘 향한 분홍 그리움
벼랑 끝에서 노랗게 울다
하얀 치마 동강에 적셔두고

떠나간 손자놈 오기만
부는 바람에 흔들리다가
눈물 흘려 바위도 멍이 들면

꽃잎 떨어져 조각배 되어
청춘을 잊고 강물 따라
시간이 가는 듯 흘러가는데

할머니 긴 인생의 여정
하얗게 젊은 날의 꿈을 찾아
그렇게 떠나간 자리

노랑할미새가 친구처럼 찾아와
손자처럼 품 안에서
새로운 희망을 노래합니다.

* 동강할미꽃 : 동강의 바위틈에서 자라는 한국특산식물이다.
꽃이 필 때 하늘을 보고 피면서 갖가지 다양한 색깔을 갖는 것이 특징이다.

제목 : 동강할미꽃
시낭송 : 박영애
스마트폰으로 QR 코드를 스캔하면
시낭송을 감상할 수 있습니다

너도바람꽃

봄이 온다는 소리에
상사병이 도졌다

보고 싶은 마음은
몽유병 환자처럼 꿈에서도 미쳐 가고

하늘은 온통 거울 속에 갇혀있는
너의 모습만 비쳐 아프다

가끔은 눈에서 멀어지고
피부에서 건조하게 말라갈 때

바람 칼날 되어 겨울 덩어리째 잘라내
봄의 기온 살포시 깨워내면

자식 걱정하는 애절함에
아장아장 걸어 나와 바람에 꽃이 핀다.

* 대한문학세계 2019년 여름호 3월 4주 좋은시 선정

바람꽃

겨울을 넘어온 바람이
얼음 위를 미끄러져
산을 넘어 계곡에서 일어서고

잔설 속 봄이 꿈틀꿈틀
기어 나와
졸졸졸 얼음 이불 속에서
허허한 위액을 쏟아내며 녹여내니

산도 어린 아기 보듬어 안고
사랑의 젖가슴 내어주는 엄니처럼
그렇게 아장아장 영혼을 불어넣어

온 세상을 웃게 할 하얀 미소
별을 닮은 천사 같은 눈빛으로
분수처럼 꽃이 피니
희망이 바람을 탄다.

매화(梅花)

바람의 속삭임에
얼굴 붉혀 도망가다

햇볕의 사랑 고백에
털썩 주저앉아

옷고름 풀어놓고
수줍어 배시시 웃는다.

봄에 피는 꽃

봄에 피는 꽃은
가난이 싫어 도망가다
핏줄에 걸려 넘어진 발자국
힘없이 돌아오는 그림자 뒤에서
소리 없이 눈물로 피는 꽃

봄에 피는 꽃은
살아갈 기회를 위해
남들보다 척박함 속에
위험을 안고 여리고 여리게
서둘러 아프게 피는 꽃

봄에 피는 꽃은
차가운 얼음 속에
동상같이 검게 줄 선 배고픔
흔들리는 눈동자에 담긴
한 가닥 희망으로 피는 꽃.

목련꽃 피어나면

어머님 생각이 납니다

언제나 환한 웃음으로
두 손 모아 기도하시는 어머님

소담한 손안에 오로지 자식을
생각하는 사랑으로 보듬으며

한시라도 눈에서 놓지 않은
소중함이 크셨던 어머님

아마도 아직도 그 먼 곳에서
저렇게 하얀 마음으로

깨끗한 정화수(井華水) 앞에 두고
간절히 기도하실 나의 어머님.

엘레지 춤사위

오늘은 공연을 한 편
볼까 합니다

왔는가 했는데 눈 깜짝할 사이 갔나 하는
인생 같은 짧은 봄날의 이야기

지하철 환풍구 위의
매혹적인 메릴린 먼로처럼
치마가 휙 하니 춤을 추고

빙판 위의 요정처럼
하늘하늘 춤추는 드레스
속도를 더한 멋진 회전

탱고 리듬에 치맛자락 펼쳐 들고
신나게 춤을 추는 정열적인 아가씨의 웃음

걸그룹 아이돌의 상큼 발랄한 합창과
아찔한 동작의 움직임들

지루하거나 반복되지 않는 변화무쌍한
춤과 화려한 치맛자락의 마법

끝이 나고 오래도록
아름답고 행복함이 넘치는
열렬한 사랑의 기립 박수만 남았습니다.

아카시아

사랑 주머니 주렁주렁 달고
사랑 고백하는 달달함이
활짝 피었네

사랑 주머니 담뿍 따서
허허한 배고픔과
관심의 빈혈 채워내고

사랑한다, 안 한다
하나하나 잘라내며
사랑 꿈을 점쳐보던 마음

눈부신 유년의 우정들
줄기줄기 담아내어
깔깔 웃으면서 놀던 시절

아카시아 향기에
꿀벌같이 좋아한 보고픈 얼굴들이
꽃으로 활짝 피었네.

오월(五月)의 장미

지나가는데
아가씨들의 웃음소리가 예뻐서
나도 모르게 발걸음을
멈췄습니다

온통 아가씨들의
웃는 얼굴뿐이라
왜 이리 기분이 좋은지
도란도란 이야기 소리 듣고 있습니다

세상사 살아가는 게
뭐 다 그렇고 그런 것인데
이렇게 향기 넘치고
아름다움 느낄 수 있다면 만족하는 것

가끔 이렇게 아가씨들
웃음소리 듣고 향기에 취하고
나를 감싸주는 꽃밭에서
장미가 되어도 좋습니다.

연꽃을 품다

물 위로 찰 방 나와
웃고 있는 미소 띤 얼굴

조개가 살로 품어
아름답게 키워내는 진주처럼

진흙탕 속에서 온몸으로
품어 피워내는 보석

어두운 공간에서 자라나
찬란한 아름다움 가져와

행복한 마음 즐거움 담뿍
담아내는 단아함에

품 안에 꼬옥
보석하나 품고 갑니다.

라일락 필 때면

참 이 아가씨
욕심도 많다

눈으로 한번
코로 한번

유혹의 몸짓
휘몰아치면

화려한 꽃들은
그냥 스쳐 간 인연

콩깍지 씌어져
너만 보이니

이제 청혼이나
해보렵니다.

코스모스 편들기

무서리 하얗게 모자 쓰고
일 년 후에 보자며
방랑자 길 떠나 돌아오니

빈 연탄아궁이 벌건 불꽃
침입하여 활활 열기 피워내듯
빼곡하니 자리 잡은 침입자

서로 어깨를 비벼가며
얽히고설키고 그리움으로
흔들리며 가을을 노래했는데

이별 후 세월의 시간만큼
식어가는 사랑처럼
듬성듬성 피어나서

외롭게 홀로선 코스모스
노란 물결 속에서
군계일학 너만 보인다.

수련(睡蓮)

물속에 잠긴 인연들이
해무처럼 일어나
물길 따라 살랑살랑 춤을 춘다

열사병 같은 첫사랑의 아픈 가슴을
야무지게 파내고
긴 기다림의 고통
피떡이 되고 엉켜서 썩어질 때

무덤가에
이름 모를 꽃 한 송이 피워내듯
진흙 속에서 빛나는 보석
반짝반짝 피워 올린다

하늘에서 보내는 찬사
물 위로 비스듬히 쓰러질 때
마음을 넘어 아름다움이
사랑으로 물들고

바람이 물총새처럼
물속의 꽃을 삼키고 손사래를 치면
얼굴 삐죽 내밀고
꽃이 깊은숨을 몰아쉰다.

꽃무릇 필 때면

조용한 산사에
시끌벅적 염불 소리 높아지고

훤칠한 키에
빨간 드레스 아가씨들

마음을 녹여내는
유혹의 웃음소리 물결치는데

눈으로 보고
마음으로 환호하는 사랑

눈으로 들어와
마음이 편안해지는 사랑

마음이 끌리는 쪽은
어디일까?

나무아미타불 관세음보살

사랑이란 번뇌
마음속에서 벗어던지고

합장한 손위로
해탈의 미소 편안합니다.

맥문동 필 때

옷깃으로 불어온 바람
보랏빛 물결에 이슬처럼 달려
세상 그 무엇보다 편안하고 넓은
전설이 되어 버린 당신의 사랑

날 선 더위 강렬한 태양 아래에서
잔잔한 물결 파도를 타고
애절한 마음, 까칠한 생각이
세상의 광활한 아름다움을 피워내
물끄러미 바라보는 짙은 보라색 추억

찰나 같은 인생의 짧은 여운
살아가는 해법이란
수백 년 지새운 갈맷빛 왕버들도
떠도는 향기에 취해 허리 굽혀
얼굴 묻고 생각에 잠겼고

가슴에 품고 있는
첫사랑 끝없는 사랑의 굴레
층층이 쌓여가는 이끼처럼
깊은 사연 하늘로 올라
별이 되어 쏟아져 내린다.

배롱나무 연정

봄부터 피어난 그리움이
마음 언저리 배고픈 사랑 되어
보고 싶다 편지를 쓰고

세월이 지나온 애절함
바쁘게 달려간 그곳엔
소복이 쌓여 있는 슬픔만이
눈물짓는데

강렬한 태양 아래
무더위에 지쳐 헐떡이며
첫사랑 헤어짐의 추억
떠도는 철자들이

봉을 봉을 물방울 되어
여름 내내 그리움으로 달려서
붉은 꽃으로 피고 있다.

제목 : 배롱나무 연정
시낭송 : 박영애
스마트폰으로 QR 코드를 스캔하면
시낭송을 감상할 수 있습니다

구절초(九節草)

친구들이 산으로
소풍을 가자고 손 내밀면

향기 가득한 안개 속에서
하얀 얼굴 내밀고

부시시 일어나
흔들흔들 춤추는 구절초

달랑 도시락통에
깨끗한 하늘 파랗게 담아서

하얗게 자리 잡고
들강달강 오라고 꼬시는 몸짓에
몽유병처럼 따라나선다.

능소화(凌霄花)

말소리 발소리 수많은 시간이
소담한 담장에 걸려 넘어오지 못한 채
주위를 맴돌고

담쟁이의 조잘조잘 중매 질에
눈만 깜빡깜빡 심장은 두근두근
상사병이 크다

사랑 오직 하나
가슴속에 품은 사랑 피워내지 못하고
속으로 고이 간직한 채
담장 위로 아픈 얼굴 하나 내밀면

흘러간 세월 발소리도 사라지고
애절한 마음 붉게 사랑 꽃피워내
말도 잊고 하늘 위에 머문 자리

늙어 뚝 하니 떨어져 담장을 넘는다.

야화(夜花)

은하수에
반가운 친구들 모여앉아
추억 이야기 밤새 풀어 놓으면

행복이 넘쳐나
별들이 우수수 떨어져
나뭇가지에 조롱조롱
웃음꽃으로 활짝 피었다.

메밀꽃 피면

하늘이 소용돌이치면
땅은 숨죽여 처분을 기다리는
자연 앞에 작아지는 초라함
낮은 자세로 살아가야 하며
순응하며 살아가야 하는 진리들이
산허리에 걸려 내려오는데

가끔은 바람이 불어
꿈틀대며 하늘로 승천하는 용
토닥이는 빗 님의 감추어진 전설들
도시와 자연의 경계를 구분하며
죽음과 삶 같은 시공간을 바꿔주는
터널의 환상적인 변화의 단계를 지나면

빌딩과 빌딩 사이 답답함을 지우고
산과 산이 살아 움직이는
넘실대는 안개의 수묵화를 받아낸다

쾌쾌하고 후덥지근한 바람이
빙빙 맴돌다 뒷골목으로 숨어 버린
담배 연기처럼 사라지고
풀냄새 머금은 깨끗한 공기의 안김으로
행복이 넘쳐나고 몸이 깨어나
기지개를 켜며 환호하는데

하얀 메밀꽃이 흐드러지고
물레방아가 연신 품어내는
뜨거운 입김 같은 밀어의 달콤함
달빛 내려 눈부시게 일어나
사랑 만개하여 유혹하는
개울가 메밀밭에서 옷을 벗는다.

핑크뮬리 - 회상(回想)

환상처럼 일어나
사람들의 무수한 꿈들 불러내

이루지 못한 사연들을
총총하게 달고 하나씩 피워내면

시린 가슴에 아쉬움
뚝뚝 떨구는 마음들이 모여들어

포근한 어머님 품속에서
꿀맛 같은 단잠에 세상 다 잊고

따스한 행복으로 위로받고
쏟아내는 사랑 하늘 높은데

핑크빛 세상에서 멈춘 발걸음
어린 날의 나를 본다.

화초 양귀비

안개비처럼 향기를 뿌려준
화려했던 오월이
담장 위의 장미꽃에 앉아
편히 쉬고 있고

녹음이 달려가는 들판
어머님 손짓 같은 청보리 물결치는
편안한 고향 툇마루 위
한가롭게 하품하는 세월이 파랗다

흐르는 물소리도 잠자고
왜가리 목 쭈욱 빼고
쏜살같이 낚아채는 기쁨처럼
올망졸망 눈뜨는 호기로움
살며시 고개 들고 깨어지면

무탈히 잘 살라고
지성 드리는 어머님의 마음 깊은 등불
빨간 양귀비가
꺼지지 않는 영원함으로
하나둘 피어나 불 밝히고 있다.

야래향(夜來香)

옆에서 쭉 지켜보았는데
그 아가씨 변심이 심하다

해마다 찾아오는 사월이면
없는 듯 있는 듯 요조숙녀같이 있다가

어느 순간 미친 야생마처럼
달리기 시작하면

한껏 봉긋한 가슴을 추켜올리고
나지막한 키에 블루

햇빛으로 가볍게 채색하고
얼굴을 열고 하얗게 웃음 지우면

지고지순한 척 얌전한 성격이
변심하며 깊게 사무치게 한다.

설중매(雪中梅)

이보게 친구
잘 지내는가
참 오랜만에 만나는구면

겨울이 다 가고
봄이 오는 길목이 되어야만
자네를 볼 수가 있고

내가 지나쳐 가야
자네는 활짝 웃으며 봄이 될 텐데
미안하네

그래도 친구
내가 자네를 잠깐이나마 봐야
먼 길 가는 내 마음이 편하겠구면

자네를 미워한다고 생각 말고
내가 있어 자네의 자태가
고귀하고 멋스럽게 보인다고 생각해 주게

다음에 또 만날 때는
조용하게 왔다가 가겠네
자네 위한 마음 녹여내서
담뿍 남겨두고 가네.

4부 . 세상 사는 이야기

솟대

바람 부는 언덕에 망부석이 되자
오롯한 사랑의 그리움 쏟아붓고
천년을 처연히 바라보는 사랑
인내하고 인내하며
그렇게 하늘에 오르는 열망으로
굳건히 서자

쓰러져 일어나지 못해도
누군가를 위한 진실한 마음의 기도
흔들림 없는 촛불이 되어
쓰러져가는 힘겨움과
대답 없는 암울한 고통에서
아파하는 마음 다독이며
다시 한번 손잡고 일어나자

바람에 흔들리는
소망의 이름표 간절함으로 지켜내자
내 흔들림은 세월의 무게이니
소중한 마음을 위한 버팀목으로
오늘도 축원의 징표 깊게 박혀
희망 빌어주는 솟대로 살자.

* 대한문인협회 2021년 제1회 신춘문학상 금상 수상작

제목 : 솟대
시낭송 : 박영애
스마트폰으로 QR 코드를 스캔하면
시낭송을 감상할 수 있습니다

춘설(春雪)

반가운 마음에
달려가서 텁석 안겼는데

머리도 쥐어박고
뺨도 때리며 혼을 낸다

하하하!

누군가에게 혼나고
이렇게 기분이 좋은 적이
있었을까.

3월 일어서다

이월 겨울의 심술보에
마디마디 차오르는 염증
지친 육체 속에서 근심만
퉁명스럽게 삐걱대다 쓰러졌다

바람 속에 숨어서
조금씩 조금씩 더해보고
햇빛 소리에 살금살금
입김 불어서 달래어봐도

계절이 녹지 않은 땅속
낙엽 속에서 일어서지 못한
꿈과 희망이 피어나지 못한 채
아직도 잠 속에서 이불을 당기는데

3월 이젠 일어서자
아직 묻혀있는 금광처럼
언젠가 찾아올 보이지 않는 광명
피어나고자 하는 갈망을 안고

바람 속에 더해진 해갈의 생명수
탄생의 마법 뿌려지는 햇빛의 신비
얼음 같은 세상 속에서
포동포동 자신감이 차오르고
3월 일제히 껍질을 깬다.

 제목 : 3월 일어서다
시낭송 : 박영애
스마트폰으로 QR 코드를 스캔하면
시낭송을 감상할 수 있습니다

97

봄 마중

딱딱하게 굳어버린 손끝에서
온기를 찾는 밤
세상은 포근하게 눈이 내린다

집 나간 가난이 부자가 되어
돌아오는 꿈을 꾸듯
봄을 기다리는 새로운 세상에

식지 않은 열기가
푸석하게 삭아가는 거름더미 속에서
봄을 끄집어내고

가슴을 활짝 편 봄동의
새콤달콤한 겉절이 생각에
파랗게 번져가는 식욕이 단데

건조한 세상
스스로 일어서는 희망들
통통하니 살이 올랐다.

* 대한문학세계 2022년 여름호 3월 2주 금주의 시 선정

제목 : 봄 마중
시낭송 : 박영애
스마트폰으로 QR 코드를 스캔하면
시낭송을 감상할 수 있습니다

5월에는

진녹색의 어머님이
연둣빛 자식을 키워내는 5월은
어느 하나 버릴 것이 없다

산새들 목젖에 걸려 있는 아침이
부지런하게 일어나
시원하게 재채기를 하고

풀꽃들의 잎사귀에 앉은 이슬이
젖살 품은 얼굴처럼
포동포동 살이 올라 귀여운데

행복한 바람에도
떨어지는 꽃잎이 있듯
세월도 흔들리다 떨어져

오월은 좋은 사람들엔
더없이 좋은 시절이며
아픈 사람들에겐
한없이 아파하는 계절이다.

여행을 떠나요

가슴속에 차곡차곡 쌓아둔
삶의 찌꺼기들이 아우성치며
배부른 풍선처럼 위태롭게
반란의 조짐이 보이고

비수 하나 꺼내 들고
상대의 등에 꽃을 각오로 임하는 임금협상처럼
좁혀지지 않는 실랑이로
담배 연기 같은 토악질이 하늘을 가를 때

왠지 진한 내 안의 나를 생각해서
신중에 신중을 기하는 인감도장 같은
무거움으로 일탈에 딩동 '승인되었습니다'
한마디 비명 같은 알림음

그렇게 임 찾아가는 황홀함으로
하늘을 날고 미지의 긴 터널을 지나
가슴속 찌꺼기를 토해내면
폭죽 같은 환호가 하늘에서 별들처럼 반짝이고

아름다운 풍광 속에 눈빛 찬란히 빛나고
호수 속에 잠겨 있던 세월들이
뽀글뽀글 기포처럼 일어나
가슴에 웃음 하나 얼굴에 행복 가득
어느새 나도 호수 속에 한자리 잡고 앉았다.

도깨비 여행

기상
번쩍하고 마른번개가 뇌를 강타
침대의 온기를 잘라 버리고
더덕더덕 붙어 있는 피곤의 눈곱을
찬물에 씻어 버리고 가벼운 마음으로

가방
집을 먼저 나서는 마음을 잡아두고
가방은 간단하게 싼다.
옷가지 몇 개 넣고 세면도구에
카메라 하나 지갑은 두둑하게

출발
새로운 세상과의 만남
춥다고 느낄 정도의 얇은 옷이나
덥다고 느낄 정도의 두꺼운 옷은
세상으로 나서는 의식
쓱 거울 한번 보고 발걸음은 힘차게

여행
내가 아는 세상이 다가 아님을 안다
내가 알고 있는 풍경도 다가 아니고
그렇게 훌쩍 낯선 곳에서
새로운 나를 만나면
세상 어디에도 두려움은 없고
당당함만 남아
벌써나 비행기에 앉아 하늘을 난다.

그날 이후

아직도
그날 생각이 생생합니다

봄을 찾아 떠난 길에
춘설의 폭설을 뒤집어쓰곤
행복함에 강아지처럼
계곡의 눈 속으로 거닐고
좋아했던 시간

멋진 공간에서
다 비워낸 가슴으로
일어나는 기쁨에
나도 춘설이 되어 있던
아름다운 눈꽃의 세상

행복이란 무엇인지
기쁨이 무엇인지조차
무의미하게 느끼지 못한
뻥 뚫린 가슴으로
그냥 그 자리에 있는
나무가 되었던 순간

살면서 뜻하지 않는
행운과 기쁨들 넘치는 세상이며
누군가로 내가 행복하고
나로 누군가 즐거웠으면 좋겠습니다.

어린 날의 회상

깨어있는 아침 위로 알람 시계 울어대고
눈 비비고 일어나는 이불 위로
멍멍이가 달려와서 반갑다고 폴짝폴짝

하품하고 일어나는 육체 위로
그림자는 장판 위에서 꼼지락꼼지락
마당에는 화초들이 이슬에 세수하고 방긋방긋
어머님이 사랑 담아 행복 가득

풀풀 밥솥에서 구수하니 밥알들이 익어가고
뛰쳐나온 열 기속에 행복함이 집안 가득 넘쳐나니
어둑어둑 새벽녘에, 밭에 갔다 돌아오신
아버지의 지게에는 싱싱한 참외가 노랗게 웃고

자식 얼굴 보자 환하게 웃으시는 아버지의 얼굴에서
세월의 주름이 따라 웃고
큰 감나무에 날아온 까치 반갑다고 재잘재잘
달콤하게 익은 홍시 깜짝 놀라 떨어지며
얼굴 붉게 호통하니
아침 깨운 수탉 쏜살같이 달려들어 식사하고
토실토실 토순이도 배고프다 밥 달라네

매일 아침 분주하나
지붕 위에 박들은 보름달같이 속속들이 차오르고
가을 아침 행복함이 집안 가득 일어나서
하늘 위로 나풀나풀 날아간다.

제목 : 어린 날의 회상
시낭송 : 박영애
스마트폰으로 QR 코드를 스캔하면
시낭송을 감상할 수 있습니다

아침

동쪽 하늘에 불새 한 마리
날아오르고
쏘아 올려진 빛 화살이
내 몸을 관통한다

나는 작살 맞은 고기처럼
퍼덕이다
엇갈린 지퍼의 날 선 외침처럼
힘겹게 눈을 연다.

여름의 소실

나뭇잎 사이에서
매미의 음공(音功)으로
태양의 화염 신공을 막아내며
지탱하든 계절의 균형은

내공이 소진한 매미의
지친 피로로 점차 밀리더니
급기야 최후의 초식들을
운명처럼 펼쳐내

서로의 내공이 고갈
밤과 낮, 빛과 어둠의
경계에 서 있던 나뭇잎처럼
파삭하게 말라 주화입마

태양과 함께
지구는 수많은 에너지원
원기옥* 에너지도 줄어들어
뜨거운 기연도 소실의 시간

새로운 절대강자 가을
아름다운 몽환의 춤사위
1식 3장의 달달함 뒤로
여름은 상처투성이를 남기고
긴 은둔의 시간을 맞는다.

* 원기옥 : '드래곤볼'의 주인공, 손오공이 쓰는 기술로서 손오공이 손을
들고 모든 생물체들의 기를 모아서 쏘는 기술을 뜻한다.

벤치에서

그냥 벤치에 철퍽 앉았습니다

힘든 거야 다 아는 사실이지만
그래도 이렇게 앉고 보니
참 편안하고 좋습니다

달려와 등을 두드리며
나뭇가지 위에서 살랑이는 바람
푸른 오월을 노래합니다

나 자신을 보듯이
지나가는 사람들의 표정을 보고
느린 시간을 즐깁니다

앉아 쉬지 않으면
계속 가고 있을 인생의 시간
두리번거리는 눈동자

이젠 좀 편히 쉬고 가라는
엉덩이의 투정 때문에
이러지도 저러지도 못하다

좋아진 기분, 맑아진 정신
웃음 한번 지어주며
고맙다 일어섭니다.

폭염의 습격

여름 한낮 힘겨움에

바람 없는 나무 그늘 밑에서

뻐끔뻐끔 거칠게 숨 몰아쉬며

물가에 잉어 지쳐 졸다가

따가운 햇빛에 깜짝 놀라

비늘도 버리고 줄행랑

꼬리 치며 깊게 깊게 숨어 버렸다.

* 대한문학세계 2019년 7월 1주 좋은시 선정

떠나가도

이쁘다 이쁘다 하자
참 이쁘다 하자
떨어진다고 다 나쁜 것은
아니지 않소

떨어져 메말라
왜소하게 바스락이며
아름다웠던 시절
사랑 넘친 행복 생각하자

쉽게 잊혀지고
간단하게 끝이 나는 이별
그 속내에 숨어 있는 아픔 없었겠소

떠난다고 끝이 아니고
헤어진다고 죽는 것도 아님을
떠나는 것은 떠나는 대로
그냥 비워지면 비워진 채

오늘의 산이
내일의 산보다 아름다울 수 있지만
오늘은 현실이고
내일은 무한한 미래인 거

빌딩 숲 사이에서 홀로 떨다가
변해가는 가을 나무처럼
떠나는 것에 의미를 두지 말고
떠난 후 맞을 내일만 생각하자.

바람개비

내 사랑의 고백
당신에게 닿아야
오롯이 나를 받아내고
웃으며 다가올 텐데

사랑이란 두 글자
다 같지 않은 것
바람이 분다고 다
받아내는 것은 아니다

원치 않는 집착이나
혼자만의 착각은
너를 화나게 하며
점점 멀리 뒷걸음질

오늘도
진솔한 사랑 기다리며
혼자 피어나 향기 뿌려내는 바람개비
잠 못 들고 돌고 돈다.

초복

더위가 소나기처럼 내리꽂힌다
파편이 물방울처럼 튀어 올라
폭풍이 된다

폭풍은
자동차의 매연을 흡수하고
에어컨이 토해낸 입김까지
가세하면

지면의 더운 공기가 하늘로 올라
소형에서 중형으로 중형에서 대형으로
대지는 초토화

하늘은 노랗고
땅은 빙빙 돌고
신발 바닥이 아스팔트 위에 쩍 하니 달라붙고

초복은 위협적으로 여름을 달궈
바람도 쓰러져 누워 신음하며
나뭇가지 아래에서 까닥까닥
손부채질이다.

중년(中 年)

해님이 하루의 일과를 마치고
석양빛 아름답게 날리며
안녕이라고 한다

문득 담겨오는 석양빛이
눈으로 들어와 이슬이 되고
바람의 뒤편 외로움이 그네를 탄다

돌아서 보면 내가 있는 여기
아무것도 변하지 않은 그때의
청춘인 것 같은데

말을 듣지 않는 육체 관절 마디마다
세월을 혼자 먹었는지
소달구지같이 삐걱이고

눈 부신 햇살, 검은 피부
건강하게 아름답게만 보였는데
꽁지 내리고 슬그머니 피하니

참 인생이
아니 세월이 야속한데
그래도 다시 살며시 고개 들고
일어나는 열정에

삶은
아름다운 무지개 피워내
행복해질 것이며
무릇 익어갈 것이다.

제목 : 중년
시낭송 : 박영애
스마트폰으로 QR 코드를 스캔하면
시낭송을 감상할 수 있습니다

111

병원이의 기도

요사이 날도 참 좋고
꽃들이 아름답게 피어나
살랑살랑 춤추는 들판으로 산으로 유원지로
행복함을 찾아다니시지요

이렇게 봄이 아름다운 날에
활짝 핀 꽃 구경은 못 가고
우리 집에 오시는 분들이 계시는데
제발 그만 왔으면 좋겠습니다

다른 집들은 자꾸 찾아주시고
대박 나는 게 좋다고
많이들 찾아오라고 선전도 하고
야단법석이지만

우리 집은 제발 오시는 분들이 없기를
진심으로 원하고
혹 우리 집이 망하는 한이 있어도
그렇게 저희 집에 찾아오시는 분이
없어지기를 바랍니다.

꼭 우리 집에 와서 피를 빼고
저에게 칼을 사용하게 하시는 분이나
금방 가시지 못하고 자고 가시려는 분들은
더더욱이 없었으면 좋겠습니다

아픈 사람이 넘쳐나고 있습니다

아프지 않게 해 주시고 걱정 없이 행복하게
해주시기를 간청 드리며
저의 기도가 모든 사람에게 전달이 되어
간절히 이루어지기를 소망합니다.

가을 맛집

뮈! 단풍이야
산지가 어디 있고
원조가 어디 있겠는가

아름답고 이쁘게
가을 영글어지면
그곳이 원조 맛집인 것

오늘은 어느 곳으로
가을 맛집을 찾아갈까
생각만으로
입에 군침이 돈다.

순리대로 그렇게 살자

우리가 알고 있는
진리의 말이나 명언에
가슴이 동요하는 것처럼
그렇게 살자

비가 오면 우산을 쓰고
태양이 뜨거우면 양산을 쓰며
소나기가 내리면
달려가거나 시원하게 맞자

준비되지 않은 상황에서
억지로 잘하는 척하지 말고
마음에 없는데
마음을 속이며 거짓으로 살진 말자

잠깐의 모면이나 회피는
더 큰 쓰나미가 되어 나를 덮치고
뒤늦은 후회는 돌이킬 수 없는
아픔과 상처를 남기게 되는데

구름이 바람 따라 흐르면
흔들리며 바람 따라 흘러가자
인생사 제일의 묘책은 뭐니 뭐니 해도
순리대로 살아가는 거.

단풍

나는 너를 사랑한다.

가을 언저리 뚝 하고 떨어져
나를 겨울로 보내버리는 심술쟁이

그래도 너를 사랑한다.

헤어짐은 새로운 시작인 것
한 살 더 먹고 그때 다시 보자

가을 참 이쁘다

여름을 이겨낸
청춘의 삶이 깊어지며
중년의 중후함이 담겨
농염한 것처럼

가을 참 이쁘다

안으로 안으로
살찌워내는 지식의
풍요로움처럼
가을 하늘 참 높고 깊어
빠져드는 사랑에

가을 참 이쁘다

그립고 기다림에
흔들리는 마음들이
조금씩 변해가듯
잎새에 내려앉은 사연들이
곱게 물들어가니

가을 참 이쁘다

이쁜 가을처럼
달콤하게 변해가고 익어가서
나도 곱게 늙어가면
참 좋겠다.

눈 내린 장독대

밤새 사르르 사르르
잠자는 머리맡에 그리움 한 보따리
말없이 풀어놓고

이리저리 뒤척이는
이불 끝자락에 아롱아롱 꿈들이 뒤섞여
버무려진 아침이 오면

어머님 손끝에서 살아나는
달곰한 사랑의 하모니
아침 햇살도 입맛 다시며 손끝 위에 머물고

아이스크림처럼 사랑 철철 녹아내려
장독대 위 그리움들이 석상처럼 서서
고향 집 마당에서 나를 부른다.

제목 : 그리움 내린 장독대
시낭송 : 박영애
스마트폰으로 QR 코드를 스캔하면
시낭송을 감상할 수 있습니다

준비하고 실행하라

오늘 뿌리지 않으면
내일 피어나지 않으며
피어나지 않으면
미래는 단절의 외로움

도전과 추진의 행동으로
오늘 준비하고
내일 실행하면
자라나 함께 미래를 열어가는 것

도전 없는 삶 건조하고
나아가지 못하는 미래는
죽어버린 인생의 비참함이니

두려워 말라
이미 시작했다면 벌써 반 온 것
하나하나 준비하고 실행하여
밝은 미래로 가라.

희망이 되고 싶다

희망이 되고 싶다
그저 바라는 것 들어줄 수 있고
눈물 흘리는 것 닦아줄 수 있고
애절하게 갈망하는 아픔들에
희망이 되고 싶다

세상살이 얼마나 길다고
아프고 슬프고 고통받고 불편하고
이런 것 하나 없이 다 행복할 수 있는
그런 세상이 될 수 있는 희망이 되고 싶다

십 년, 이십 년, 삼십 년을
한 조각 희망을 붙잡고 살고
작은 변화에도 환호하는
가슴이 사무치게 아픈 사연들을
다 지울 수 있는 희망이 되고 싶다

가고 싶은 곳 못 가고
보고 싶은 것 못 보고
먹고 싶은 것 못 먹어도
그저 아프지 말고 슬프지 말고
고통 없는 삶을 줄 수 있는
작은 희망이 되고 싶다

볼품없는 작은 꽃이라도
한 시절 아름답게 피워낼 수 있는
그런 작은 기회와 새로움의 희망을
모두에게 줄 수 있는 간절한 소망
이루게 해 달라 빌어 보는 희망이 되고 싶다.

백승운 시인의 제1시집
〈가슴을 열고 심장을 훔치다〉의 詩 평설

나영봉 (시인·문학평론가·기자)

1. 자취방에 차곡차곡 쌓아둔 그리움

백승운 시인은 문학 활동을 하면서 자주 만나서 의논하고 행사 진행 준비를 함께하면서 이야기를 나눠봤더니 예전 회사업무로 거래해 오던 관련 업체의 직원 누구라고 이름 거론했더니 잘 알고 있을 정도로 직장생활에서부터 인연이 이어지고 있으며, 퇴직 후에는 문학이라는 영역에서도 동행하는 문우이다. 그는 한 집안의 종손이라는 무거운 짐은 막내로 태어났지만 서둘러 황망하게 하늘나라로 떠나간 형들이 있었기에 맡게 된 숙명 앞에서 누구도 원망하지 않고 꿋꿋하게 살아가는 당당한 태도를 볼 수 있었다.

백승운 시인은 지방의 조용하고 한적한 농촌에서 태어나서 중학교 졸업을 하고 곧장 서울에 올라와 혼자 자취생활을 하면서 고등학교, 대학교까지 다녔다. 좁은 자취방에서 늘 부모님과 누나와 친구들이 보고 싶었지만, 학생이기에 공부에 전념할 수밖에 없는 현실 속에 산더미 같은 그리움은 가슴에 쌓아두었다. 백승운 시인의 심성과 인품은 많은 문우가 공감하기에 옆에서 지켜보면 자랑스럽고 듬직하다. 그와 함께 문학기행이나 행사장에서는 가장 먼저 찾는 좋은 친구이다. 그는 바쁜 일상생활에서 짧은 시간에 시의 씨앗을 얻고 발아시켜서 시작품을 쓰고 모아서 한 권의 시집을 출간하게 된 것은 대단한 열정과 뛰어난 감성이 있었기에 가능한 것이다. 시작품에서 시어의 선택은 굉장히 중요하다. 언어로 지은 집이라고 표현하면서 동서고금을 통해서 끊임없이 이어지고 있다. 백승운 시인의 작품을 살펴보면서 그리움, 고향, 지게. 고향 생각 등의 잊혀져 가는 향수를 되찾고 친근감이 담겨 있어 누구나 공감할 수 있다. 농촌의 정서를 되살리는 서정시가 많다. 형제들이 부모님의 깊은 사랑을 제대로 헤아리기도 전에 황망하게 하늘나라로 가셨기에 시인은 제대로 표현조차 못 했다는 용서의 뜻과 효심을 담은 회한의 정서가 가득한 시작품이다.

시인을 고등학교 재학 무렵인 1987년에 첫 시집을 구상하였으나 자취방 전세금 이백만 원 할 무렵에 시집출판비가 이백만 원이 소요된다는 사실을 접하고 경제적인 난관 앞에서 좌절하면서도 꾸준히 습작한 시작품을 모아뒀다가 꼭 36년 만에 첫 시집을 발간하게 되었기에 감회가 새롭고 마음 기쁘다고 하면서 첫 시집은 제일 먼저 하늘나라에 계신 부모님께 바치겠다고 한다. 일상생활에서 늘 친절하고 자상하며, 성실함이 감지되는 고운 마음결을 지닌 젊은 시인이다.

2. 작품을 통해서 살펴본 시적 이미지

사람을 좋아하고 사랑하기에 누구든지 만나면 금방 허물없이 지낼수 있는 친화력을 지닌 문인이다. 그는 전국 여행을 다니면서 발길 닿는 곳에서 지역의 문화유적지나 아름다운 관광지를 다니면서 창작한시가 많다. 그리고 외로움을 견디면 그리운 마음과 인연을 시적 대상으로 쓴 작품도 있다. 백승운 시인과 같은 시기에 태어난 베이비부머 세대이기에 쉽게 이해되는 부분이 많다. 시집을 읽어보다가 '전보'라는 작품에 눈길이 간다. MZ세대 이후에는 완전히 사라져버린 통신수단이다. 지금의 카톡이나 이메일 등으로 소통되는 인터넷 시대에서는 용도폐기 되었지만 70년대 이전에는 가장 빠르고 정확한 통신수단은 전보였다. 그래서 많은 시작품 중에서 개별 작품〈전보〉,〈이팝나무〉,〈지게〉,〈고향 생각〉,〈준비하고 실행하라〉을 선정하여 꼼꼼하게 읽어보았다.

그대가 그리워
눈을 감았습니다

어두운 공간에서
그리움이 보고 싶다며

불꽃을 피워 그리움의 형상
말없이 그려내면

어둠은 사라지고
뚜벅뚜벅 어둠을 헤치고

당신이 다가와

눈앞에서 웃고 있습니다

그리움이 보고 싶다
언제 전보를 쳤나 봅니다.
-「전보」전문

  이제는 우리 주변에서 완전히 사라진 용어인 전보는 그 당시에도 아주 급한 내용으로 부모님 별세, 군부대 입대 영장, 시험합격 등 특별하고 급한 경우 외에는 이용하기를 두려워했던 통신수단이었다.

그러면서도 모처럼 반가운 시작품으로 만나게 되었다. 5연의 '당신이 다가와 눈앞에 웃고 있습니다. 참 빠르지요.'보고 싶은 그녀의 모습은 영원히 잊지 않기에 언제든지 전보를 치고 만나는 시인의 시적 태도와 이미지는 선명하게 연상된다. 마음속에 간직하고 있는 그리운 그녀는 참 행복하다. 오히려 곁에 있지 않고 서로 떨어져 있기에 시적 이미지가 되었다고 생각된다.

가지마다 주렁주렁
살찐 쭈꾸미
꽉 찬 알집 드러내고
알알이 걸려있는데

보릿고개
배고픔의 자식 걱정하는
어머니의 빈 속 위장에서
꼭꼭 찔러오는 허기짐의 가시로
하나하나 발라내면

꽃잎 하얗게 일어나
솜사탕처럼 활짝 피어
고봉으로 가득가득
배불리 먹으라고 한다.
-「이팝나무」전문

  험준한 산이 많은 경상북도는 반드시 보릿고개를 넘어야 한 해를 견디는 면역력이 생긴다는 사실을 실감 나게 겪어야 했다. 꽃 피는 봄이면 꽃구경은 따로 갈 필요가 없다. 논두렁 밭두렁을 타고 다니면서 쑥이며 달래 냉이를 캐기에 혈안이 되었다. 어스름이 남아 있는 새벽에 사립문을 나서야 바구니 가득 채운다는 경험을 바탕으로 부지런히 다

넣다. 그것으로 쑥 범벅과 개떡을 만들어 허기를 채워야 했으니 길가에 이팝나무꽃을 보면 쌀밥을 연상하는 것은 당연하리라. 그래서 농촌에서 태어나 자연과 벗하던 우리는 문학의 소재가 되는 자연을 대상으로 하는 서정적인 시와 수필을 쓰는 것이라고 본다.

> 방법은 없었다
>
> 아무것도 손에 쥔 게 없는 가난
> 밤낮으로 일을 하는 게
> 단 하나의 방법인 시절
> 살아가는 작은 밑천
> 담고 비우고 담고 비우고
>
> 아버지 늙은 무릎
> 삐걱대고 팔에 빠질 때 쯤
> 한쪽 다리도 짧아지고
> 어깨를 감싼 끈도 낡아 볼품없어졌지만
>
> 최선을 다한 너의 모습
> 시퍼렇게 멍든 아버지 어깨 위에
> 고스란히 남아 토닥토닥
> 서로를 위로하며 다시 일어선다.
>
> ─「지게」전문

　지하철을 타기 위해 기다리는 데 바로 눈앞에 지게라는 제목부터 낯익었고 몇 줄 읽고 있는 사이에 슬그머니 멈춰 선 전동차 그러나 나는 탑승하지 않았다. 남은 시행을 마저 읽어봤다. 서울교통공사가 운영하는 지하철 안전 문에 게시된 시는 서울시 시민공모 작품으로 시민 문화 수준 향상과 정서를 고려해 심사와 작품 선정을 위해 저명한 시인, 대학교수와 공무원으로 선정위원회를 구성하여 엄선한 작품으로 지하철 이용 승객인 시민의 정서 함양과 문학작품을 쉽게 접근하도록 편리성에 도움 주고자 하는 뜻이 담겨 있다. 백승운 시인은 2019년 '이팝나무', 2021년 '지게' 두 편이 연속 선정된 문장력을 지녔으며, 2021년 신춘문학상 공모전에서 금상 등 각종 문학상을 수상한 중견 시인이다. 작품 내용을 살펴보면 낡은 밀짚모자 쓰시고 이글거리는 해님을 친구 삼고, 으슥한 밤길 반짝이는 별빛 따라 걷으며 저벅거리는 검정 고무신 소리가 귓전에 들려오는 느낌이 드는데 되돌려 올 수 없었다. 일평생 동안 오직 지게와 함께했던 백승운 시인 아버지의 자화상을 생동감 넘치게 표현한 시를 읽고 눈시울이 뜨끈해지고 방울 맺혀서 흐릿해진다. 70년대 이전의 농촌에서 자랐던 베이비부머 세대에서 쉽게 볼 수 있었던 친숙한 우리 아버지의 모습이다.

버스가 지나면 하얀 분가루처럼
얼굴을 덮던 먼지 자욱한 신작로
울퉁불퉁 비포장도로
지금은 사라졌고

장마철 지나 불어난 냇가에서
송사리 메기들 잡고
땅 짚고 헤엄치며 놀던 곳
사라진 물줄기 어디로 갔을까

늘어나는 빈집 무성한 잡초들 속에
숨죽이며 발이 묶인 고무신
구멍 난 사연들만 남기고
떠나간 친구들 그리운데

훌쩍 커버린 감나무
가지마다 주렁주렁 주인 잃은 외로움에
빨갛게 익어가며 눈물짓는데
달콤한 홍시 생각에 까치만
어슬렁어슬렁

무너진 담벼락도
썩어가는 대들보도
식어가는 부엌 아궁이처럼
덩그렇게 나뒹구는 요강단지 안에서
마음은 길을 잃는다.
　　　　　　　　　　　　　－「고향 생각」 전문

　바다에서 살던 연어는 민물에서 알을 낳는다고 한다.
그래서 수만 킬로의 머나먼 여정의 기억을 더듬어 고향의 향수를 잊지 않고 찾는다고 한다. 하물며 인간은 말하지 않아도 당연하다고 누구든지 쉽게 생각할 수 있지만 사십 년이 흘러가고 부모님의 산소도 선산으로 모셔 온 까닭에 가 보지 않은지 수년이 흘러가고 있다. 그러나 가서 어릴 적 오르내리던 골목길 희미한 기억을 간신히 더듬거리며 반추해 보지만 뒷모습도 보이지 않는 친구는 하늘나라에서 만날 수 있을지도 모를 일이다. 그래도 찾아간 빈집 새마을 사업의 일환으로 초가지붕을 걷어내고 시멘트 담벼락으로 개조했던 60년 농촌의 골목길 담벼락에 남은 크레용 글씨 '영봉이는 바보다.' 참 선명하게 다가오고 어릴 적 기억이 한 편의 드라마를 보는 느낌이다. 40여 년의 긴 세월은 엊그제 같은 흔적처럼 보인다. 나는 고향 집에서 뒤란의 낡은 툇마루에 앉아 울컥 치밀어 오르는 눈물을 애써 삼키다가 거칠게 한바탕 울고 나니 꽉 막힌 가슴이 뻥 뚫린다. 요즘 마음의 갈등이나 스트레스를 문학적인 요소인 글쓰기를 통해서 마음 치유의 과정임은 실감한다. 영화'칠곡 가시나들, 은 글쓰기를 통해서 일제강점기, 육이오 전쟁을 겪은 우리나라 여성들의 고난과 외로움을 견뎌낸 생생한 할머니들의 이야기이다.

오늘 뿌리지 않으면
내일 피어나지 않으며
피어나지 않으며
미래는 단절의 외로움

도전과 추진의 행동으로
오늘 준비하고
내일 실행하면
자라나 함께 미래를 열어가는 것

도전 없는 삶 건조하고
나아가지 못하는 미래는
죽어버린 인생의 비참함이니

두려워 말라
이미 시작했다면 벌써 반 온 것
하나하나 준비하고 실행하여
밝은 미래로 가라
　　　　－「준비하고 실행하라」 전문

　백세시대가 되었다. 그만큼 오래 산다는 것이다. 80년대 이전에 우리 부모님은 회갑 잔치가 가장 큰 잔치였다. 대다수가 회갑도 이르기 전에 하늘나라로 서둘러 가셨다. 이제 고령사회를 훨씬 지나 초고령 사회로 접어들었다. 우리나라의 노인 연령도 상향 조정하자는 이야기가 나온다. 지하철 무임승차로 인해서 지방정부는 재정적자라고 한다. 앞으로 서울시에서는 70세부터 지하철 무임승차 하자고 논의하고 있다. 현행 65세부터 지하철 무임승차하고 있고, 중앙정부의 교통

복지정책 차원을 지방정부에 떠넘긴다고 말한다. 지금은 베이비부머 세대가 무임승차 연령에 도래했고, 백세시대에 진입하였기에 무임승차 연령은 상향조정 되리라 짐작된다. 행정부처와 관련 단체 간의 충분한 협의와 공청회를 통해서라도 해결 방안이 나와야 할 시점이다. 그렇기 때문에 이제부터 이모작을 위한 대비를 구상하고 준비해야 한다. 노인 일자리 창출을 위한 국정과제가 대두되고 있고 우리는 디지털 시대에서 적극적으로 헤치고 나가려는 역량을 길러서 적응해 나가야 한다. 아날로그 생각에서 살아가는 것은 힘든 일이고, 스트레스를 받으며 백 세까지 살아가기가 어렵다. 백승운 시인은 노후에도 활기찬 모습으로 당당하게 살겠다는 의지를 갖고 계획을 세우고 백세시대의 이모작을 준비하고 있다.

3. 맺는말

2020년대의 주요 키워드(Keyword)는 공감 리더십이 필요하다고 한다. 다양성 존중과 공감 리더십은 맞닿아 있는 것이다. 기업, 정부, 공공기관, 학교, 지역사회, 가정 모든 조직에서는 균형 잡힌 공감을 이해하고 실천하기 위해 노력이 필요하다. 우리 미래의 세대와 함께 혁신적이고 지속적인 경제, 사회 문화 발전을 위해 서로 이해와 존중을 기반으로 하는 공감 리더십을 배우려고 노력해야 한다. 마찬가지로 문학에서도 모든 작품은 현장 체험을 바탕으로 하고 공감을 염두에 두고 쓴다는 것이 중요한 것임을 잊지 않아야 한다. 책상에 앉아서 쓴다는 것은 독자는 금방 눈치를 챈다. 세대 간의 공감 의식하고 상호 간의 소통과 사유의 다양성을 조금씩 이해하게 될 것이다. 베이비 부머 세대, X세대, MZ 세대 간 소통하고 융합하는 것이 통섭이라고 생각한다. 백승운 시인의 시집을 살펴보고 작품을 자세하게 읽고 분석하면서 앞으로 디지털 세대와 아날로그 세대 간의 이념의 벽을 허물고 낯익은 시어를 바탕으로 공감하는 데 적합한 시인으로 문학단체를 이끌고 나갈 인물이라고 본다. 백승운 시인의 진의를 제대로 파악하지 못해서 마음이 불편하고 섭섭하리라 생각된다. 그러나 시집 내용에 호응하고 공감하는 독자가 늘어날 것으로 생각한다.

가슴을 열고
심장을 훔치다

백승운 시집

2023년 3월 14일 초판 1쇄
2023년 3월 17일 발행
2023년 4월 19일 2쇄
2023년 4월 21일 발행
지 은 이 : 백승운
펴 낸 이 : 김락호
디자인 편집 : 이은희
기 획 : 시사랑음악사랑
연 락 처 : 1899-1341
홈페이지 주소 : www.poemmusic.net
E-Mail : poemarts@hanmail.net

정가 : 10,000원
ISBN : 979-11-6284-437-4

저작권자와 맺은 특약에 따라 검인은 생략합니다.
잘못된 책은 교환해 드립니다.